ヘヴンリーブルー

Heavenly Blue

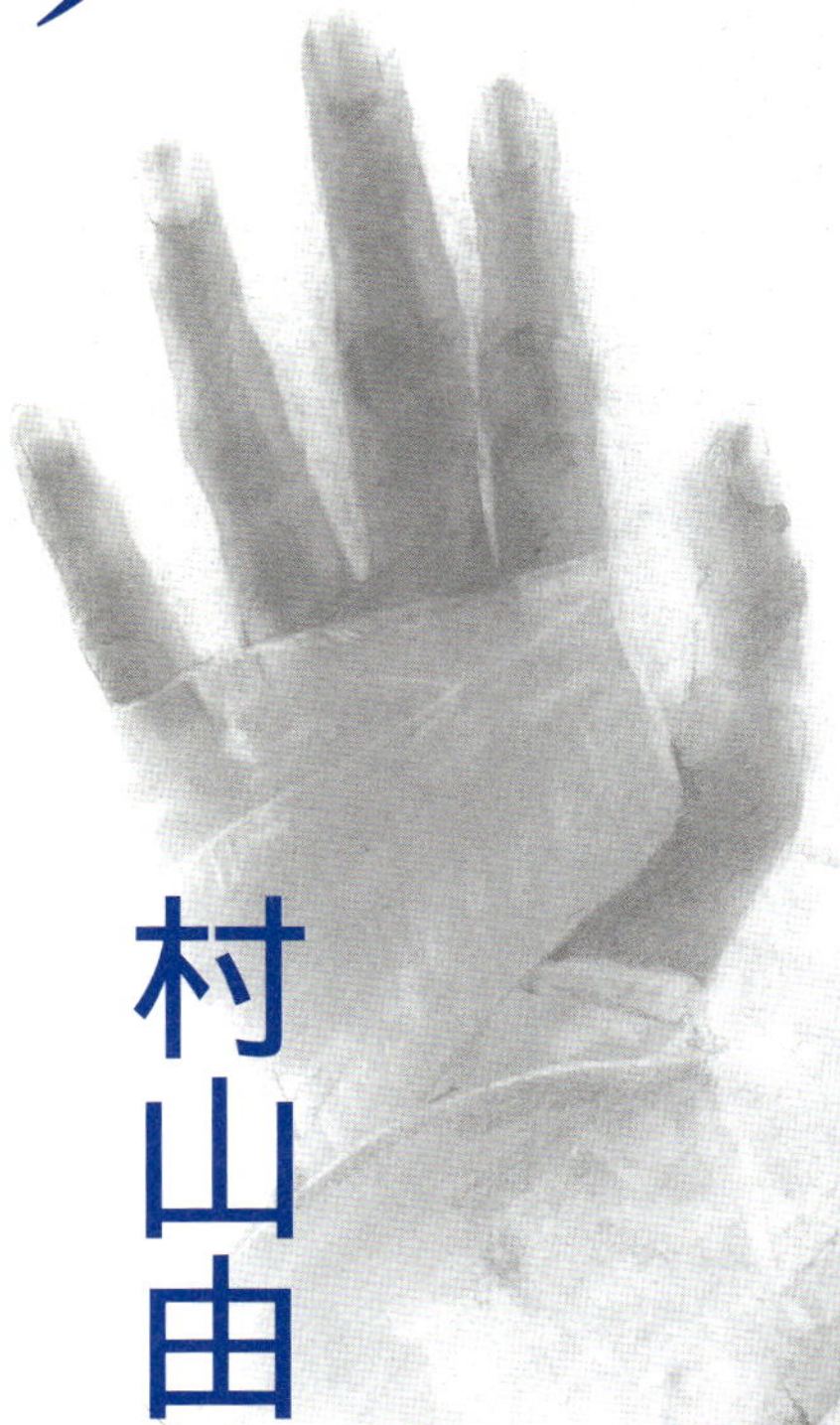

村山由佳

「天使の卵」アナザーストーリー

集英社

ヘヴンリー・ブルー

Heavenly Blue

「天使の卵」アナザーストーリー

装丁／小堀賢一
本文デザイン／アイ・デプト.
カバー絵・本文挿絵／津田やよい

「好きな人って、誰よ」

東京には空がない。

ほんとの空が見たい。


そんな詩の一節を思いだす。何年生の教科書だったか、むかし教師をしていた頃に教えたことがある。

でも、こうしてベランダにかがんで見あげる空は、東京しか知らない私の目には充分に美しい。熱をはらんだ蒼穹《そうきゅう》に、湧《わ》きあがる雲の白さがまぶしくて、思わず手をかざす。

今日も暑くなりそうだ。

植木鉢やプランターのひとつひとつに、丁寧《ていねい》に水をやっていく。

小さなランタンのようなホオズキ。

少しの風にも葉先を揺らす風知草《ふうちそう》。

目に痛いくらい真っ白な日々草《にちにちそう》。

とりわけ今が盛りの朝顔の根もとには、鉢底から流れ出るくらいにたっぷりと、ジョウロで水を注ぐ。細い竹にからまって重なりあうハート型の葉の間から、目も覚めるような青色の花が咲いている。七つ、八つ……十。毎朝、まるでむきになっているかのような勢いでたくさん咲いてくれるのが愛しい。

頭上に広がる空よりもなお澄んだ色をした朝顔は、一度耳にするとちょっと忘れられない、神々しい名前を持っている。

〈ヘヴンリー・ブルー〉——天上の青。

午後までしぼまずに咲き続けてくれる西洋朝顔。

まるで、休日はぜったい寝坊と決めている私のためにあるような品種だった。

直径十センチにも満たない、ただぽっかりと丸いだけのありふれた花なのに、吸いこまれそうなブルーのせいだろうか、間近に顔を寄せて見つめても、どこまでもどこまでも遠い感じがする。

そこにあるのに、ないような。

触れることなど、永遠にかなわないような。

下の公園のほうから風が吹いてきて、風鈴をちりんと鳴らした。大きな森や池の上を渡ってくるから、とくに朝のうちの風は思いがけないほど涼しい。

ジョウロを置き、ベランダの柵《さく》にもたれて見おろすと、池のおもてにも空が映っていた。舞い降りてきた水鳥を中心に、水面の空いっぱいにゆっくりと波紋がひろがっていく。


ああ……どうしてこんなに胸が痛いんだろう。


そう思いかけて、ふっと気づいた。

そうか。あの日も、ちょうどこんなふうに晴れていたのだ。歩太《あゆた》くんが私に、別れ話を切りだしたあの日。

やっぱり暑い日だった。久しぶりに誘ってもらえたことに、はしゃいだ気持ちを押し隠しながら向かった喫茶店で、彼はこわばった面持ちで私を待っていた。そうして、とても言いにくそうに、それでも結局は言ったのだ。

好きな人がいるんだ、と。


息をつめ、そっと目を閉じる。思いだすと、今でもまだ心臓がひりひりする。十年たってもこれだから、当時はほんとうにひどいものだった。喫茶店からの帰り道のことはほとんど覚えていない。

ただ、あの日はいていたサンダルだけは、飾りのビーズの色や形にいたるまで克明に覚えている。

人目を気にする余裕もなしに、泣いて、泣いて、何度も転びそうになりながら自分の足先ばかり見つめていたから。

私のこと、好きだって言ったじゃない。

俺のこと、好きかって訊いたじゃない。

途中でいきなりこんなふうにほうりだすなら、どうしてあんなこと言ったの。どうして優しいキスなんかしたの。どうしてあんなに強く抱きしめたりしたの。

そんなことされたら、私だけなんだって思うじゃない。あなたには全部預けてもいいんだって思っちゃうじゃない。

あなたが素直になれって言うから、意地っぱりの仮面は脱ぎ捨てた。

俺には甘えていいんだって言うから、強がりの鎧《よろい》も脱ぎ捨てた。

あなたになら、今まで誰にも見せたことのない私を見せられると思った。

初めてありのままでそばにいられるひとを見つけたって、そう思った。

なのに、ようやく勇気をふりしぼって、裸の気持ちのままあなたの前に立ったと思ったら、とたんにこの仕打ち？

許さない。
ぜったい、許さない。
好きな人って、誰よ。
ちゃんと言いなさいよ、卑怯《ひきょう》よ。
言えないなら、あきらめてなんかあげない。
あなたを自由になんかしてあげない。
苦しめばいいんだ。
私がこんなに苦しいんだから、あなたも同じだけ苦しめばいいんだ。
許さない。
許さない。
許さない。
ゆるさない。

恨む――という感情がどんなものかを、生まれて初めて知った。

自分の心のはずなのに、まるでコントロールがきかなかった。抑えても、抑えても、おなかの底から溶岩のようなものがふつふつと湧いて出て、あたりのものをすべてなぎ倒し焼き尽くしながら、軀の内側を真っ黒に塗りつぶしていく。

死にたい、とは思わなかった。死んでくれ、と思った。私のものになってくれないのなら、その目で誰かほかの女を見つめようというのなら、いっそ死んでくれ、と。

憎かった。私から離れていこうとする歩太くんが、心底。

そのどす黒い感情は、彼に対してだけじゃなく、顔さえ知らない相手の女性へも向かっていて、これでうっかり素性など知ってしまったら、相手に取り憑《つ》いて呪い殺してしまいそうだった。自分で自分のことが怖ろしくてならなかった。

このままでは、生きながら鬼になる。それこそあの六条御息所《ろくじょうのみやすどころ》みたいに。

もちろん、あのころの私はまだ知らなかったのだ。
彼の心を奪っていった相手が、まさか、大好きなお姉ちゃんだったなんて。

そういえば、お姉ちゃんも昔は、夏になるたびベランダで朝顔を育てていた。西行法師が好きな彼女が選ぶだけあって、どれも純和風の、雅やかな名前のついた朝顔だった。

誰より頭がよくて、誰より綺麗《きれい》で優しい、私の自慢のお姉ちゃん。

年が八つも離れていたから、姉妹で比べられることへのコンプレックスもほとんどなくて、たとえば法事で親戚が集まった時など、

「夏姫《なつき》ちゃんはまあほんとに、昔の春妃《はるひ》ちゃんにそっくりだねえ」

そんなふうに言われるのが、私にとってはいちばんの褒め言葉だった。

とはいえ、両親のいるところでは、彼女に関する話題はかなり注意深く避けられていたと思う。何しろ、大恋愛の末に高卒で駆け落ち同然で結婚しただけならまだしも、その相手に、ある日とつぜん自殺されてしまったのだ。おまけにショックでおなかの子どもまで流れたとなれば、親戚はもとより、当の親だってどうさわっていいかわからなかったに違いない。

でも、お姉ちゃんは、ちゃんと独りで立ち直った。

さすがに彼が――五堂さんが――亡くなった後の一年ほどは、ものを食べるどころか息をする気力さえなくしてしまって、そばで見ている私たちのほうがつらいような有様だったけれど、おそらくは五堂さんの死について、何か胸に期するところがあったのだろう。少しずつ、少しずつ、自分で食事をとるようになり、朝起きれば薄化粧をするようになり、喪服みたいなモノトーンばかりじゃなく明るい色の服も再び着るようになり……やがて受験した大学にも見事受かって、精神科医になる勉強を始めた。

それと同時に、家を出て大泉学園のはずれのマンションでひとり暮らしをするようにもなった。心配した両親がどんなに家から通うように言っても、お姉ちゃんは微笑《ほほえ》みながらきっぱりと首を横にふるだけだった。それもまた、いつだって背筋のしゃんと伸びたあのひとらしい選択だったと思う。

小さい頃から、お姉ちゃんは私をほんとうに可愛がってくれた。どこへ出かけるときも手をつないでくれたし、夜は眠りに落ちるまでそばについていてくれた。

小学校にあがると、日曜日には父にねだって（それはたいてい私の役目だった）、一緒に石神井《しゃくじい》公園の釣り堀に連れていってもらった。金魚やヘラブナのほかにニジマスの釣り堀まであって、釣れた魚を係のおじさんに渡すと袋に入れて塩をふってくれるのだ。

晩の食卓に並ぶニジマスの塩焼きを、母は気持ち悪がって食べようとしなかったけれど、私たちは大事に分け合った。

〈ちゃんときれいに食べてあげようね〉

と、お姉ちゃんは私にささやいた。

昼間は確かに生きていたものを、いま自分たちが食べて空腹を満たしている。姉が言おうとしたことの意味を、私は子ども心にもきちんと受けとめていたような気がする。

あの釣り堀は、今はもうない。いつのまにか、なくなってしまった。区の管轄下にある公園内で個人が娯楽施設を経営するのはいかがなものかと、お役所から物言いがついたのだそうだ。

まったくお役人の考えることは……と、かろうじて残った御茶屋のおじいさんが、首をふりふり嘆いていた。

諸悪の根源は家庭にある、というような意味のことを書いたのは、たしか太宰《だざい》だったろうか。

仕事人間だった父親はともかくとして、私たちの母親は、なんというか、あまり人の心の機微を解さない人だった。

物の言い方はきつく、世間の常識からはずれることや後ろ指をさされることを異様なまでに意識するあまり、娘二人をとても厳格に育てた。厳格が過ぎて、なかば恐怖政治みたいだった。

外ではみんなから気丈で勝ち気な性格と思われがちな私だけれど、家ではそのじつ、母親に口ごたえひとつできない気弱な子どもだった。いつでも母の顔色をうかがってばかりいた。甘えてみせるのは多くの場合、彼女を機嫌よくさせておくことで少しでも叱られないようにするためでしかなかった。

だから、お姉ちゃんのマンションの部屋は、私にとっても一種の逃げ場だった。どんな時でも、あたたかく迎え入れてもらえることが保証されている場所。手足をばらばらに投げだして油断していても、怖いものなど決して入ってこない隠れ家。

そう――歩太くんと付き合い始めて、彼に心を許すようになるまでは、あのこぢんまりと居心地のいい部屋でくつろいでいる時だけが、唯一、私がありのままでいられる時間だったのだ。

「俺、怖いんだ——親父を見てると」

歩太。――一本槍《いっぽんやり》、歩太。

苗字だけでもめずらしいのに、そんな変わった名前を彼につけたのは、お父さんだと聞いている。

初対面の人からはなかなか正しく読んでもらえないせいか、彼自身はもっと普通の名前がよかったなんて文句を言うけれど、私はその名前が大好きだった。そもそも彼という人間に興味を惹《ひ》かれたのだって、最初は名前がきっかけだったかもしれない。

彼とは、高校の三年間、同じクラスだった。よく、美術室の隅で絵を描いている彼を、こっそり見つめてはどきどきしていた。

二年の二月に、私からチョコを渡した。彼のほうもまた私を憎からず思ってくれていたことがわかったときは、神様はほんとうにいる、と思った。

初めてのキスは、その年の夏休みの終わり。公園の木の陰に隠れて、ようやくかすかに唇が触れあったかと思ったら、足もとに座っていた犬のフクスケが何を見つけたのかいきなり走りだし、引っぱられた彼が転びそうになったのを、まるで昨日のことのように覚えている。

息をすることさえ忘れるほどの緊張が急に解けて、私たちは思わず笑いだしていた。しゃがみこんで二人、いつまでも大笑いした。

そうしながら、私は幸せだった。ほんとうに、宙に舞いあがりそうなほど幸せだった。この先はもう、何が起ころうと大丈夫。わけもなく、そんなことを思っていた。

歩太くんのお父さんが、もうずいぶん長く入院しているのだという話を彼自身から聞かされたのは、逢えば必ずキスをかわすようになった頃だったろうか。

それまでなかなか打ち明けてくれなかったことの背景には、彼なりの事情と葛藤があった。お父さんは、体の病気で入院していたわけではなかったからだ。

うちのお姉ちゃんも精神科医を目指しているのだと話したら、歩太くんはずいぶん驚いていたけれど、かといって、私が一緒にお見舞いに行きたいと頼んでもうんと言ってはくれなかった。行く時は、必ず一人。いつからか、お母さんとさえ連れだって行くことはなくなったのだという。

一度、歩太くんがふと、こんなふうにつぶやいたことがある。

「俺、怖いんだ——親父を見てると」

意味がわからなくて「え?」と訊き返すと、彼はそこで我に返ったように私を見て、ひどく大人びた苦笑いとともに首を横にふった。

そしてそれっきり、二度とその話をしようとはしなかった。

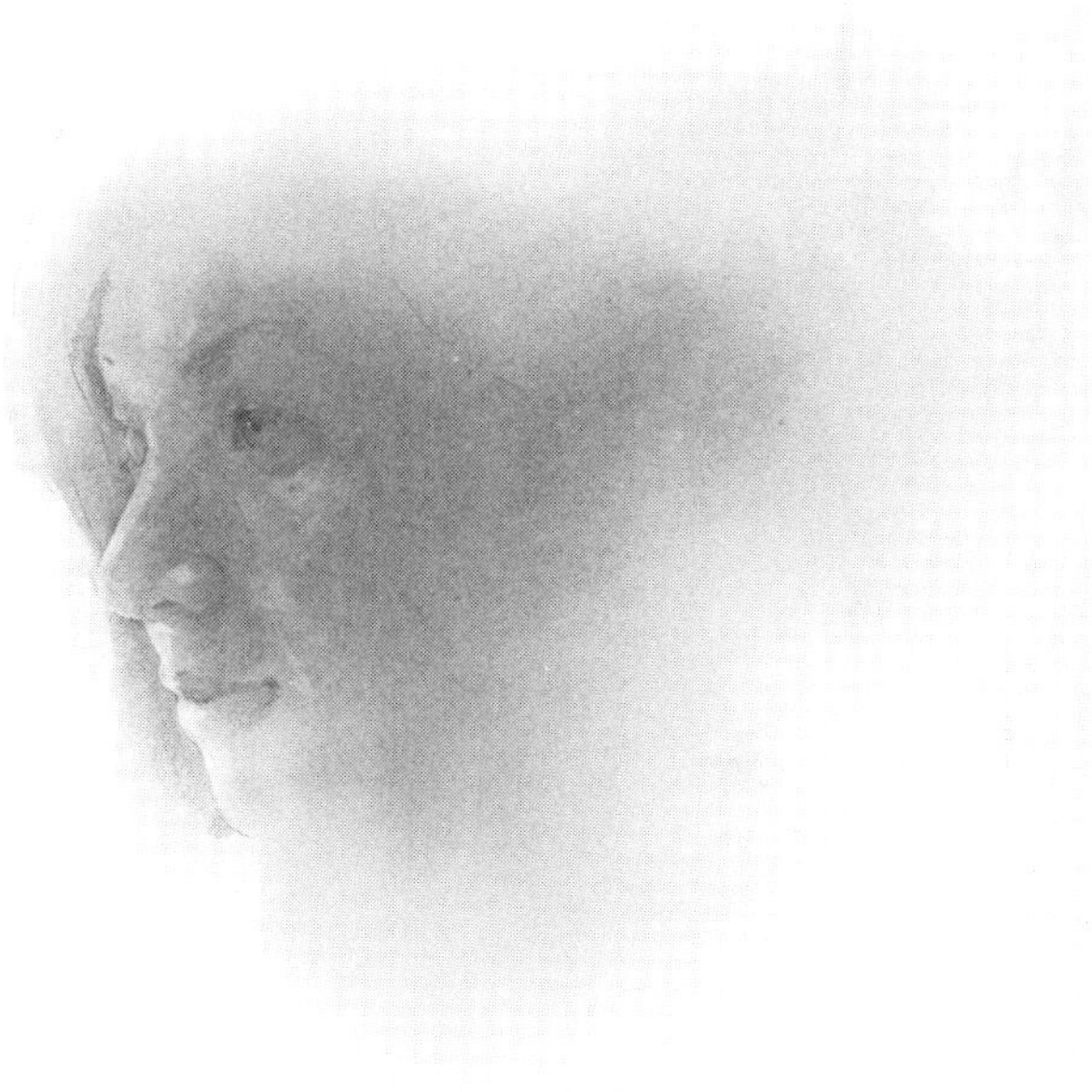

日ざしが強くなってきたのを機に水やりを切りあげ、部屋のなかに避難する。サッシを閉めると、外の物音がふっと遠ざかった。

あまり冷えるのは好きではないから、冷房はごくかすか。補うために回している扇風機がゆっくり首を振るのに合わせて、ベッドの上のウィンドチャイムがきらきらとした音をたてる。

リビングとダイニングキッチン、ほかに部屋が三つ。

ほんとうはこんなに広いマンションなど必要ないのだけれど、親の持ち物であるこの部屋に住むことが——つまりいつでも彼らの目の届くところにいることが、ひとり暮らしを承知してもらう交換条件だったから仕方ない。

「いい子でいようとしすぎるんだよ、お前は」

と、歩太くんはときどき言う。

「いつまでも理想の娘なんか演じてたら、自分の首を絞めるだけだぞ」

たしかに、もっともな意見ではある。

でも、お姉ちゃんのことがあって以来、親たちがいろんな意味で神経質になってしまったのも無理はなくて、私にはその気持ちも理解できるのだ。

だからつい、折にふれて上手に甘えてあげることで、なんとか親孝行をしようと無理をしてしまう。どんなに無理をしようと、お姉ちゃんの代わりにはなれっこないのだけれど。

とはいえ、何年か暮らすうちに、この部屋が私にとっていちばん落ち着ける隠れ家になったのも事実だった。そう、昔、お姉ちゃんの部屋がそうだったように。

家具も調度品も、少しずつ気長に、自分の目で選んだ。この部屋に私の嫌いなものは何一つない。

リビングの中央には、白い革張りのソファと、裏側からエッチングのほどこされたガラステーブル。その下に敷いてあるのはトルコのアンティーク・キリムで、そうは見えないだろうけれど、私の持ち物のうちでいちばん高い買い物だ。無彩色でまとめた部屋の中で、そのキリムだけがぱっと明るく目に飛びこんでくる。

そして、ソファと向かい合う壁際には、メイプル材のモダンなサイドボード。

そこに飾った、海色の丸い花瓶と。

窓からの日ざしを受けて、ずいぶん大きく育った観葉植物と。

それに、サイドボードのすぐ上の壁にかけた、花と魚を描いた不思議な絵。

——洋服以外ではその三つだけが、すべてが終わったあとで、私がお姉ちゃんの部屋から受け継いだものだった。

この部屋を訪れる客は、ほとんどいない。その時々に付き合っている相手をごくたまに通すことはあったけれど、それも必ず昼間のうちで、暗くなってから誰かを招いたりはしなかったし、もちろん泊めたことなど一度もなかった。

「なんで?」

と、慎くんが訊いたことがある。そう、たしか最初の夜だ。あのとき私はまだ、彼のことを〈フルチン〉とあだ名で呼んでいた。

私は、すこし考えて言った。

「隣に誰かがいると、眠れないたちなのよ」

私の答えに、彼が納得してくれたとは思えない。

でも彼は、それ以上踏みこんで訊いてはこなかった。家庭に事情があって祖父母に育てられたせいもあるのだろうか、人の心の機微にとても敏い子だった。

古幡慎一《ふるはたしんいち》――二十一歳、大学生。

八つ年下の、もと教え子。

五年前、まだ骨格に子どもっぽさの残る高校生だったあの頃から、彼は私にとって、ある意味とても気にかかる存在だった。たとえば授業中に指名して、登場人物の心情について質問を向けた時など、しばしば年齢に似合わないほどの深い洞察力を見せた。今からこんなにわかってしまっていいのかと、こちらが心配になるくらいだった。

慎くんとの再会は、去年の秋だ。彼は私がよく行くオープンカフェでバイトしていて、なんでも、私のことはひと目見ただけで（というか、それ以前に声を聞いただけで）、「斎藤先生」だとわかったのだそうだ。

申し訳ないけれど私のほうは、まったく彼に気づかなかった。ちびだった〈フルチン〉は、ずいぶん背が伸び、大人びて、すっかり私の知らない男になっていたからだ。

壁の絵のことを、慎くんが話題にしたのはいつだったろう。

それも、花と魚の絵ではなくて、その隣にかかっている草原と空を描いた絵のほう。

わずかな訪問客のなかでも、絵のことで何か訊く人がいるとすれば必ずと言っていいほど五堂さんの絵についてだったから、慎くんがもうひとつのほうをさして、

「この空、すっげえ綺麗な色……」

そうつぶやいた時、私は虚をつかれたようになって、一瞬うまく言葉が出てこなかった。

それは、歩太くんの絵だった。

派手さは、ない。人目を惹くという意味では、五堂さんの絵のほうがずっと華がある。でもそのかわり、歩太くんの描く絵はとても懐《ふところ》が深くて、見る側の心境までも受けとめ、受け容れ、その時々でまったく違った景色を見せてくれるのだ。

どこか異国、たぶんモンゴルかチベットあたりの果てしない草原——ゆったりと風にうねる、やや枯れ色をした草の海の上に、胸が痛くなるほど蒼《あお》く遠く澄みわたった空が覆いかぶさり、そこから地上へと光の束がおりている。

まるで、透明なオーロラみたいに。

あるいは、天からさしのべられた梯子《はしご》のように。

慎くんが綺麗だとほめてくれた空の色は、歩太くんがいつも好んで使う色だった。ベランダに咲く朝顔と同じ色。お姉ちゃんの大事にしていた丸い花瓶の色。初めてお姉ちゃんが歩太くんにあげたシャツの色とも、少し似ているかもしれない。

そのチェックのワークシャツを、彼はこのごろではもう着ようとしない。きっと、これ以上いたんだり色褪《いろあ》せたりするのを見るにしのびないのだろう。

彼がアトリエにしている部屋の鴨居《かもい》から、ハンガーに掛けられた青いシャツがぶらさがっているのを見るたび、私は、いまだにお姉ちゃんにかなわない自分を思い知らされる。

今となっては歩太くんとどうこうなりたいとは思わないけれど――たとえ思ったところで許されないことだけれど――彼にとってお姉ちゃんがどれほどの存在だったかをそうして突きつけられるたび、心の底から自分を呪いたくなる。

そして、もう幾千回、幾万回、幾億回となくくり返した同じ後悔を、これが初めてであるかのような痛みとともに噛《か》みしめるのだ。

「歩太くん、お姉ちゃんと会ったでしょ」

勤務先の病院で、偶然、歩太くんと再会した——という話をお姉ちゃんから聞かされたのは、たしか春の終わる頃だったと思う。お姉ちゃんはその四月から、彼のお父さんの主治医になっていた。

ちなみに「再会」というのがどういうことかというと、そのしばらく前、朝の満員電車の中で、手に怪我をしていたお姉ちゃんをさりげなく周りからかばってくれたのが歩太くんだったのだそうだ。

桜の咲き初める季節。お姉ちゃんは、ずっとしまいこんであった五堂さんの絵にとうとう額《がく》をつけてもらう決心をして、池袋へと向かうところだった。

「一度会ったくらいで、よく顔を覚えてられたね」

あまりの巡り合わせに驚いてそう言ったら、お姉ちゃんは笑って答えた。

「だって、ものすごい至近距離で見つめあっちゃったんだもの。もう、鼻がくっつくような近さ。寄り目になっちゃいそうなくらい」

顔の前にひとさし指を立てて実際に寄り目になってみせたお姉ちゃんの顔がおかしくて、私もくすくす笑った。

「だけどまさか、あなたたちが付き合ってたとはねえ」と、お姉ちゃんはしみじみと言った。「あ、そっか。それで彼、私が『斎藤夏姫って知ってる?』って訊いたとき、あんな変な顔したのね」

変な顔ってどんな顔? と、すごく訊きたかったのに、訊けなかった。

怖かったのだ。お姉ちゃんには私たちの関係はもうかなり危なくなっていたから。

ほんとうのところ、その頃には私たちの関係はもうかなり危なくなっていたから。

歩太くんも私もその事実から目をそらしていたけれど、とくに私は絶対に見ないようにしていたけれど、もはや時間の問題なんじゃないかということは、お互いにわかっていた気がする。

それが証拠に、ゴールデンウィークを前にしても、歩太くんからは何の誘いもなかった。私だけ大学に受かって、彼のほうは浪人して、今年も美大を受けるために必死だということを差し引いて考えても、こちらから連絡しない限り向こうからは電話の一本すらかかってこないというのはやっぱり、私に対しての気持ちが薄れつつあるからだとしか思えなかった。

終わりにするなら、いっそきっぱりとそうしてほしい。

そう思うのと同じ強さで、お願いだから終わりになんかしないでほしいと願った。最後の答えを聞かされるのが怖くて、私から電話するのにも勇気が要るほどだった。

そもそも、いったいどうして歩太くんは、お姉ちゃんと会ったことを私に話してくれなかったんだろう。

それを話すとお父さんのことにも触れざるを得なくなるのが嫌だったんだろうか。それとも、私の身内にお父さんを診られることそのものが気まずいとか、そういうことなんだろうか。

さんざん考えてもわからなくて、私はとうとう、意を決してこちらから電話をかけてみた。明日で連休は終わり、という前の日の晩。二週間ぶりの電話だった。

「歩太くん、お姉ちゃんと会ったでしょ」

思いきってそう切りだすと、受話器の向こうで彼が変なふうに黙るのがわかった。

「……うん。会った」

「ね、どう思った？」

「え。そうだな。お前とよく似てるな」

「もうちょっと独創性のあること言えないの？　芸術家でしょ？　そんなの、小さいときから耳にタコ」

できるだけ明るく聞こえるように言いながら、私は、歩太くんの言葉のなかにサインを探していた。このひとはまだ私を好きでいてくれる——そう感じられる何か。はっきりした言葉でなくていい。声の調子でも、笑い方でも、何でもかまわない。ほんのちょっと私を安心させてくれるものがあれば、それだけでいいのに。それさえくれたなら、今すぐにでも電話を切って、好きなだけ勉強に集中させてあげるのに。

「ねえねえ、どっちがきれいだと思った？」

こんなふうにぐずぐず引き伸ばしていたら、彼はきっとうんざりしてしまう。もういいかげん呆《あき》れているかもしれない。そう思っても、私には自分から電話を切ることができなかった。

「さあなあ。ああまでそっくりだと、どっちとも言えないな」

「えー？　そんなに似てる？」

「しょうがないだろ。タネと畑が一緒なんだし」

「もうッ。スケベなんだから」

笑いあいはしたものの、そのあとなおさら寂しくなる。

だめだ。これ以上しつこくしたら、ほんとにだめになる。

「それじゃ」

と、砂を嚙む思いで私は言った。

「あんまり邪魔しちゃ悪いから切る。またね」

——お願い、引き止めて。

——もうちょっとぐらい話してたってかまわないよって言って。

なのに、

「うん。……またな」

私がどうしてかけたのか本当にわからなかったのだろう。戸惑うような歩太くんの口ぶりを耳にしたとたん、よせばいいのに、それまで必死でこらえていたものがぷっつり切れてしまった。

「ほんとに邪魔になっちゃったんだね」

地を這《は》うような私の声に、歩太くんがうろたえるのがわかった。

「いや、そんなことはないけどさ」

「けど？　けど何よ。歩太くん、私が切るって言ったって、前みたいに引き止めてくれないじゃない。どっか行こうって誘ってくれもしないじゃない」

言いつのりながら、ばか！　ばか！　と頭の中で声がする。やめなって、それ以上言っちゃだめ、彼を追いつめちゃだめだってば！

「ねえ、明日がどんな日だか知ってる？　連休の最後の日よ？　私、ほんとはずっと待ってたんだから。勉強で忙しいのはわかるけど、一日くらい、でなきゃ半日くらい、図書館でだっていいから会おうって言ってきてくれるの、ずっと待ってたのに」

ああもう、最悪。こんなことで泣き落としにかかるなんて、あんたそれじゃ最低最悪の女だよ、夏姫。

「ごめん」

と、彼は気まずそうに言った。

「ここんとこ、自分のことで頭がいっぱいでさ。ごめんな」

そして、あろうことか明日会おうと言いだした。

「ばか言わないで。そういうのはイヤなの。言われて誘うなんて、最ッ低よ。言って誘わせる私も最低だけど。それともうひとつ、歩太くん、女の子の気持ちなんか全ッ然わかってないみたいだから言ってあげるね。あのね、これからさき女の子に、あの人と私とどっちがきれいって訊かれたら、嘘でもいいからその子だって言ってあげなさいよね。わかった？　私が言いたいのはそれだけ。しばらく電話しないから、どうぞ好きなだけ勉強して。じゃあね」

言うだけ言って叩きつけるように切った電話を、にらみつけようとして、失敗した。涙が、おかしいほど次々にこぼれた。唸《うな》り声《ごえ》がもれるのを我慢できなかった。

大丈夫。歩太くんのことだからきっと、すぐにかけ直してきてくれる。ちゃんと私に謝ってくれる。そうして、明日会おうともう一度言ってくれたなら、今度は素直に受け容れよう。だって、やっぱり好きだもの。好きなひとには会いたいもの。

祈るように見つめる電話は、けれど、とうとう鳴らなかった。

「嘘つき。一生恨んでやるから」

どれだけ泣いたかわからない。

目の玉が、溶けてしまうかと思った。

たかだか元同級生の男一人にここまで気持ちをつかんで振り回されるなんて、いつもの私のプライドから言ったら言語道断だったけれど、彼と最後に会ったときのあれこれ、言われた言葉のひとつひとつを思いだすたび、涙は勝手にあふれて止まらなかった。あるいはまた、お互いがまだうまくいっていた頃に彼が私に向けてくれた笑顔なんかをうっかり思い浮かべてしまうと、なおさら自分の感情をどうすることもできなくなった。

でも、どれほどたくさん泣こうと、胸の痛みを押し流すことはできなかった。歩太くんを忘れるなんて、彼とのことをあきらめるなんて、私には絶対に無理だと思った。

いったい彼のどこがそんなに好きだったのかと訊かれても、いまだによくわからない。でも、あの年頃にありがちな思いこみだとか、そういう単純な話ではなかった気がする。

歩太くんの抱える何か――もしかすると彼に欠けている何かだったのかもしれないけれど、とにかくその何かが、私の心臓の奥深く食いこんで、もはや抜こうとしても抜けなくなってしまっていたのだ。まるで、見えない鉤針のように。

いちばん最初に歩太くんのことをお姉ちゃんに相談したとき——あれはたしか、彼から別れ話を切りだされるよりも前のことだったと思うけれど、お姉ちゃんはあきれたように私を見て言った。

「あのねえ、夏姫。あなた、相談する相手を完全に間違えてるわよ」

「なんで?」

「恋愛で大失敗した私が、いったいあなたに何を言ってあげられるっていうの?」

「大失敗なんかしてないじゃない」

と、私は憮然《ぶぜん》として言った。

「大恋愛だっただけじゃない。お姉ちゃんと五堂さんの恋は、今だって私の憧れだよ」

「何言ってるの。だめよ、そんなのに憧れちゃ」

お姉ちゃんは慌てたように言った。

「あなたくらいはちゃんと幸せになってくれないと。でないと、父さんや母さんが可哀想《かわいそう》でしょう?」

「べつに、あの人たちのために恋愛するわけじゃないもん」

「それはそうだろうけど……」

口ごもって、お姉ちゃんは困った顔で微笑んだ。

「とにかく、私はあくまでも精神科医であって、恋愛カウンセラーじゃないんだからね。ん……まあ、でも……」

「でも?」

「そうね。私に言ってあげられることがあるとすれば、まずは、彼とちゃんと向き合って話をするべきだってこと。それも、自分の側の不満ばっかり押しつけるんじゃなくて、先に相手の話をゆっくり聞いてあげるの。男の子だって、そうそう強いばかりじゃいられないわ。あなたと同じくらい、柔らかくて傷つきやすい心を持ってる、ただの人間なんだからね」

でも、いったい、いつからだったろう。お姉ちゃんが、私の話を聞きながらひどくつらそうな顔をするようになったのは。

あんなにきっぱり別れを告げられてもなお、歩太くんが忘れられなかった私は、ちょくちょく酔っぱらってお姉ちゃんのところへ転がり込んでは、同じことをくどくどとこぼし続けた。

ひとりではとうてい抱えておけなかった。誰かに聞いてもらわないと頭がおかしくなってしまいそうだった。

「そりゃ、大学にだって声をかけてくる男はそれなりにいるよ。けど……けどね、だめなの。全然、だめなの。誰と付き合おうとしても、歩太くんと比べちゃう。あんな勝手な男なのに、それでも彼のほうがずっといいと思っちゃうの。何かっていうと歩太くんと比べちゃって、結局すぐだめになんの」

そんなふうにこぼしながら、かかえた膝《ひざ》に私が顔をうずめて泣くたび、お姉ちゃんはうつむいて口をひらきかけてはやめ、でも、いつも何も言わなかった。そして私は、そういうお姉ちゃんの反応を、落ちこんでいる妹を心配しながらもよけいな口を出すまいとしているのだと思って疑いもしなかったのだ。

今から考えれば、じつにおめでたい話ではある。けれど、あのころの私はまだほんの子どもで――どれくらい子どもかというと自分をいっぱしの大人と思いこむくらいには子どもで、自分の世界だけじゃなく、全世界がまるで自分を中心に回っているかのような気分でいた。お姉ちゃんにはお姉ちゃんの世界があるなんて、考えてみたことさえなかった。

でも、ある意味、もっとおめでたいのはお姉ちゃんのほうだった。

お姉ちゃんの世界の中心は、お姉ちゃん自身でいいはずなのに、あのひとにはどうしても、誰かを悲しませてでも自分が幸せになる、という発想ができなかったのだから。

前もって約束しておいた日はともかく、たとえば私が急にその気になって、外から電話をかけたその足でお姉ちゃんの部屋に寄ったとする。

そんなときは、たまにだけれど、ほんの今までそこに誰かがいたかのような気配が残っていることがあった。

確かな痕跡《こんせき》があったわけじゃない。匂いとか、そういうのとも違う。でも、わかるのだ。不思議なことにそれは、どこか懐かしいような気配だった。

「ねえねえ、もしかして男でも出来た？」

一度、わざと蓮《はす》っ葉《ぱ》に言って冷やかしてみたのだけれど、お姉ちゃんは例によって例のごとく、困ったような顔で微笑みながら言った。

「そんなわけないでしょ、ばかね」

あの嘘を、いったいお姉ちゃんはどんな思いで口にしたのだろう。

あの嘘さえなかったら——せめてもっと早い段階でお姉ちゃんが本当のことを打ち明けてくれていたなら、もしかして私たち三人は、今とは違った道を歩くことができていたのだろうか。それとも、私が取り返しのつかないひとことを口走るのが、さらに早まっただけだったろうか。

「嘘つき！　一生恨んでやるから！」

あの日の朝に戻りたい——と、私が願った回数は、一万回や一億回ではきかないと思う。もしもあの日に戻ることができたなら、今度は絶対、お姉ちゃんの部屋になんか行ったりしない。たとえ行くとしたって、ちゃんと前もって電話をかける。そうして、歩太くんがいつもみたいにあの部屋を抜けだす時間を作ってあげるのだ。

――一生恨んでやる。

そう言いきったからには、うんと長いあいだ恨み続けてやるつもりだった。

――一生。

いま、その言葉のむなしさを思う。

お姉ちゃんが病院に担ぎこまれ、あっけないほど簡単に逝《い》ってしまったのは、私があのひとことをぶつけたほんの数時間後のことだった。

「夏姫ごめんね、ごめんね……」

病院から電話がかかってきたとき、親たちは留守だった。

私は自分の部屋で、ベッドにもたれて膝を抱えていた。その朝見てしまった光景が、烙《らく》印《いん》を捺《お》されたみたいに網膜に焼きついて、どんなに目をつぶっても消えてくれなかった。

歩太くん――。

歯ブラシ、くわえてた。

上だけ、裸だった。

あんな朝早くに、上半身だけにしろ裸の男が女の部屋で歯を磨くなんて、どう考えたって他の可能性なんかあり得ないのに、それでも私はあの二人の裏切りを信じたくなかった。とりわけ、お姉ちゃん。歩太くんへの私の想いを知っているお姉ちゃんが、そんなひどいことをするはずがない。きっと何かの間違いだ。私の早とちりだったんだ。

膝を抱えて小さく小さく体を丸め、ごうごうと渦巻くどす黒い思いを抑えこんでいた。そうしていないと、自分が何か別の生きものに変わっていってしまいそうな気がした。

そんなときだったのだ。あの電話が鳴ったのは。

お母さんに連絡を取ろうとしたけれどつながらなくて、とるものもとりあえずタクシーに飛び乗った。もちろん、その時点ではまさかあんな大ごとになるとは思ってもいなかったのだ。

救急車、と聞いた瞬間、朝からのお姉ちゃんへのわだかまりは頭から消し飛んでしまっていた。

それを不思議だとは、今でも思わない。たぶん、血のつながった肉親というのはそういうものなのだと思う。

お姉ちゃんが担ぎこまれたときの状況は、わりとすぐに教えてもらえた。マンションの前で苦しそうにおなかをおさえてしゃがみこんだお姉ちゃんを見て、驚いた管理人さんが救急車を呼んだ、ということらしい。

けれど、

「なんの病気なんですか？　盲腸とかですか？」

取りすがるように訊いた私に、担当の医師はなぜだか奇妙な顔を向けて、おうちの方は？　と逆に訊いてきた。そして、どうやら本当に今すぐ連絡は取れなさそうだということを納得すると、ようやく私の質問に答えてくれた。

「切迫流産です。ついさっき痛み止めの注射を打ったので患者さんは落ち着いていますが、赤ちゃんのほうはまだ予断を許さない状況ですね」

夕暮れの日ざしが、病室の窓から斜めにさしこんでいた。

ふらつく足を踏みしめて、そっと入っていく。

たったひとつ置かれたベッドに横たわるお姉ちゃんは、そばまでいって見おろすと、思いのほか穏やかな寝息をたてていた。

(赤ちゃん……て?)

——信じられない、とか。

(誰と……誰の、赤ちゃん?)

——認めたくない、とか。

そんなこと以前に、脳みそが麻痺してしまって、うまく働かなかった。いろいろな考えの断片は浮かぶのだけれど、そのすべてが、まるでビー玉みたいに頭の中のテーブルをころころと転がっていって、何ひとつ意味をなさないまま向こうの端からぽとりと落ちる。

くずおれるように枕もとの椅子《いす》に座ると、お姉ちゃんの横顔が近くなった。頰《ほお》の産毛や、長いまつげの一本一本が、窓からの逆光に透けて金色に輝いて見える。

八つも年上なのに、おまけに痛みのせいでとことん消耗しきっているはずなのに、私よりずっときれいな肌。ゆで卵をむいたみたいに滑らかで、きめ細かくて、内側からほの白く発光しているかのようだ。

薄い耳たぶにはピアスが光っていた。小さなちいさな銀の卵に金色の羽がはえたデザインのそれは、私が初めて見るものだった。

規則正しい寝息を聞きながら、その肩のあたりの白い上掛けに顔を伏せる。一度は鎮まっていた暗い思いが、またしてもおなかの底のほうから湧きあがってきて、こらえようとすると、奥歯がぎりっと鳴った。

心はもちろんずたずたに傷ついていたけれど、お姉ちゃんのことは今でも好き……なんだと思う。歩太くんにいたっては、憎いけれど、本気で憎いけれど、それでもやっぱり好きで好きでたまらない。

その気持ちはどちらもほんとうなのに——そもそも歩太くんからはとっくの昔にきっぱ

り振られているというのに、どうして私は、二人のことを許してあげられないんだろう。自分自身があまりにも見苦しく感じられてたまらなかった。あんたにはプライドがないのか、と思ってみる。

ないのだった。少なくとも歩太くんのことに関する限り、私にはとっくの昔にプライドなんかないのだった。

上掛けの下で、お姉ちゃんの手が、ほんのわずかに動く。無意識のうちにも、おなかのあたりをかばおうとしているらしい。

――いま、何ヶ月なんだろう。

――歩太くんはこのことを知ってるんだろうか。

いずれにせよ彼は、私と二年近く付き合ってもしなかったことを、お姉ちゃんに対してはさっさとしたわけだ。

二人がそういうことをしているところを想像すると、胃の底がじりじりと炙《あぶ》られて、真っ黒に焦げつきそうだった。そのへんのものを手当たり次第に壁に投げつけてしまいそうになるのを、ぎゅっと目を閉じてこらえる。思わず、低い呻《うめ》き声がもれた。

昔から、よく似た姉妹だと言われてきた。時には、夏姫ちゃんのほうが顔立ちがはっきりして美人だなんて言われて、内心、得意になったこともあった。

でも、そうじゃない。お姉ちゃんが生まれつき持っている静謐《せいひつ》な優しさ——この透明で美しい、時に神々しいと言ってもいいほどの特別な雰囲気が、私にはまったく備わっていない。好きな人を憎んだり、妬《ねた》んだり、恨んだり羨《うらや》んだりしてしまう私の心の、どうしようもなくドロドロした汚いものの気配が、きっと隠しきれずに顔にも表れてしまうのかもしれない。そう思ったら、体のどこにも力が入らなくなった。

立ちあがる気力すら湧かない。おなかと背中のどちらにも大きな穴が空いて、その穴から空気がすうすう漏れていく。いま私の心臓を取りだして見たら、きっと濃くて汚い灰色をしているに違いないと思った。

——と、その時だ。

お姉ちゃんの眉根が苦しげにひそめられたかと思うと、ふいに、まるで引きつけを起こしたように体をこわばらせて息を吸いこんだ。

「お姉ちゃん?」

意識は、戻っていない。

なのに、胸のあたりが信じられないほど大きく波打つ。呼吸が荒い。

「お姉ちゃんッ!」

まぶたが、ひらいた。

お姉ちゃんの目が、私を見た。

もともといつも潤んでいるみたいな真っ黒な瞳が、みるまに濡れていく。

「なつ……」

吸いこんだ息がなかなか戻ってこない。喉《のど》を詰まらせ、しゃくりあげるように息を引きながら、それでも何か言おうとしている。

「お姉ちゃん! お姉ちゃん、やだ、しっかりして!」

人を呼びに駆けだそうとした私の腕は、けれど、ものすごい力で引き戻された。苦しさのせいだろう、私の二の腕に爪を立てたまま、お姉ちゃんはほとんど聞こえないくらいの声で言った。

「……んね」

「え？」

「ごめ、ね。……夏姫、ごめんね……ごめ……」

無理にその腕をふりほどき、病室を飛びだして、金切り声で何と叫んだのだったか——記憶がそこだけ飛んでしまっている。廊下の奥からさっきの医者が血相を変えて走ってくるまでの時間が、永遠のようだった。

何人ものスタッフが駆けこんできては、私を押しのけてベッドに飛びつき、怒号のような指示と返事が飛びかう中で、お姉ちゃんの姿は白衣の人だかりに埋もれてたちまち見えなくなった。私は、がたがた震えながら壁の隅っこに貼りついていた。

(歩太くん)

頭に渦巻くのはただひとつ、彼の顔だけだった。

(歩太くん……歩太くん、お願い助けて歩太くん、お姉ちゃんが……お姉ちゃんが、へんだよ!)

ストレッチャーが音をたてて運ばれてきて、お姉ちゃんはシーツごとくるみこまれるようにしてそれに乗せられた。

そうして——それっきり。

「あんたのせいよ。あんたのせいでお姉ちゃんは——」

人は、どうして、自分自身よりも大切な誰かと出逢ってしまうのだろう。

そんな誰かを喪って、残りの人生をどうやって生きていけというのだろう。


あれ以来――歩太くんは、ぱたりと人物画を描かなくなった。あれ以来というのはつまり、芸大在学中に、裸婦を描いた一枚の絵でイタリアの大きな芸術賞をもらって以来という意味だ。

裸婦のモデルは、もちろんお姉ちゃんだった。歩太くん自身は賞なんかにまるきり興味のない人だから、応募のときは、私が勝手に書類一式を揃えて半ば無理やり送った。

お姉ちゃんを亡くした日から、四年の歳月を待たなければ描くことのできなかった絵。魂の地獄のようなあの時期をくぐり抜けて、曲がりなりにも生還した歩太くんが、やっとのことで描きあげたお姉ちゃんの絵に、形のある何かを与えたかったのはむしろ私のほうだったかもしれない。

「俺な。怖かったんだ」

ずいぶん後になって、歩太くんが教えてくれた。彼にとってお姉ちゃんがあんなに特別な存在になった、いちばんの理由。

「親父を見舞いにいくたびに、俺、心の中ではいつもおびえてた。自分もいつか親父みたいになるんじゃないかって。本人だってああなりたくてなったわけじゃないはずなのに、それでも突然なっちまったわけだからさ。同じことがいつかこの先で俺に起こらないってどうして言える?」

それは、母親にも誰にもわからない、血のつながった息子の自分にしかわからない種類の怖れだったと歩太くんは言った。

「だから俺、ふだんから出来る限りいいかげんにふるまおうとしてた。親父は何しろ几帳面なタイプだったから、意識して逆のことしてれば少しはマシかと思ってさ。ばかだろ」

言いながら、彼はちょっと苦笑した。

「親父のことは、ほとんど誰にも打ち明けなかった。お前にも黙ってたくらいだもんな。そうやって、一人で抗《あらが》ってるつもりだったけど……でも心の底では、誰かに言ってもらいたかったんだと思う。――大丈夫だよ。お前と父親は全然違う人間なんだから大丈夫だよ、ってさ」


誰にも打ち明けなかっただけに、誰からも言ってもらえなかった言葉。それでいて何よりも欲しかった言葉を、彼女だけが自分に手渡してくれたのだと歩太くんは言った。

そればかりか、あのころ、絵のほうに進みたいという気持ちとお父さんのことを含めた家の事情との間で悩みぬいていた彼に、お姉ちゃんは真摯《しんし》な助言までしてくれたのだそうだ。あの優しくて透明な瞳を、まっすぐに彼に向けて。

〈考えることはないのよ。あなたの年で、そこまで考える必要はないのよ。そんなことを考えなくてもいい時代が、人の一生にはちゃんと用意されているの。あなたはひととは違った環境の家庭で育ったせいで、その年にしてとても大人びてしまったけれど……そしてそれが、あなたをとても魅力的にもしているのだけれど、それでも、あなたになくしてほしくないものがあるの。いい意味での若気の至りっていうか……そうね、つまり手に入れると決めたら絶対あきらめない、強さや激しさみたいなもの。

——ねえ、歩太くん。もっとがむしゃらに、自分勝手になりなさい。あんまり若いうちから、そんなに冷静でものわかりのいい人間になるのはおやめなさい。あなたが今よりちょっとやそっと自分勝手に、わがままにふるまったところで、あなた自身が思っているほどには誰も困らない。お母さまも、お父さまも、誰もよ。人間って、あなたが考えているよりずっと強くてしぶといものよ。少なくとも私は、そう信じていたいわ〉

ふだんの歩太くんは、そんなに口数が多いほうじゃない。とくに私に対しては遠慮がないぶん、そうしてまとまった話をしてくれること自体がずいぶんめずらしいことだった。お姉ちゃんの絵を描きあげた直後の昂揚もあったのかもしれない。絵の素養のない私には想像するしかないけれど、きっとものすごい安堵《あんど》と達成感と脱力感のさなかにいたのだろうし、同時に、たまらない人恋しさや寂しさに駆られてもいたんじゃないかと思う。だからこそ彼は、私にも思い出を分けてくれるつもりでその話をしたのだろう。

でも、私にしてみればそれは、傷口を広げて塩を塗りこまれるも同じことだった。お姉ちゃんがかつて彼に手渡した言葉と、自分が土壇場で彼にぶつけた言葉との、あまりにも大きな差……。

なにしろあの夕暮れ、息を切らせて病室に駆けつけた歩太くんに向かって私が叫んだのは、

「あんたのせいよ！　あんたのせいでお姉ちゃんは死んじゃったのよ！」

今では自分でも信じられないような、そんなひどい言葉だったから。


わかってはいたのだ。そんな言葉、決して口にするべきじゃないってことくらい。

でも、例によって止まらなかった。

あのとき本当に私が望んでいたのはただ——彼にすがりついて、声をあげて泣くことだけだったのに。

「ほんとはこれも、お姉ちゃんに直接言えればよかったんだけど」

会社の休日にしておかなくてはならないのは、何もベランダの花たちの水やりばかりではない。洗濯も、布団干しも掃除も、全部まとめて片づけていると、すぐに昼になり午後になってしまう。

慎くんとの約束は四時過ぎだった。彼がここに寄って、それから一緒に池袋へ向かうことになっている。

私と慎くんの年の差は、八つ。奇しくもかつてのお姉ちゃんと歩太くんの年の差とぴったり同じだ。

あのとき二人の仲を引き裂いた私が、今になって同じような恋に落ちるなんて、あまりにも虫がよすぎる――。

いくら歩太くんがそんなことはないと言ってくれても、正直言って彼の前に慎くんと並んで立つのはいまだに躊躇《ため》われるのだが、今日ばかりはたぶん、あえてそうすることにこそ意味があるのかもしれないと自分に言い聞かせて、着ていく服の準備をする。

サックスブルーのシャツブラウスと、とろりと落ち感のある白いパンツを選んだ。

あの二人が揃う前で、あんまり女っぽい格好はしたくないけれど、かといってカジュアルになりすぎるわけにもいかないから、ちょうど真ん中あたりを狙ったつもりだった。

私のワードローブのほとんどは、ブルー系か、でなければモノトーンの服ばかりだ。デザインもどちらかというと、こんなふうにシンプルでメンズライクなもののほうが多い。何しろ眉がまっすぐに吊っていて、顔立ちがきつく見えるせいだろうか、あまり柔らかなラインのものは着ても似合わないのだ。

子どもの頃から、淡いピンクやクリーム色の似合うお姉ちゃんがうらやましくてならなかった。

お姉ちゃんの眉は私とは違っていくらか下がり気味で、そのせいか、笑っている時でもどことなく泣き顔に見えたりもしたのだけれど。

そういえばこの春、私が歩太くんからもらったデッサン帳には、そんな微妙な笑顔のお姉ちゃんもそっくりそのまま写し留められている。ぜんぶで四冊あるうちの一冊。おもに顔のアップや、一瞬の表情や、あるいは体のパーツなどが細かく描かれているものだ。残りの三冊には、たとえばお姉ちゃんの全身が、それも裸の全身が描かれていたりもしたけれど、歩太くんは、そちらはさすがにくれるとは言わなかった。


大好きな西行法師と同じ、桜の散る季節に逝ったお姉ちゃん。

歩太くんにとっても、お姉ちゃんのイメージは桜色だったのだろうか。

デッサン帳のなかのお姉ちゃんに、彼はときどき、花びらのような淡い色の絵具で彩りを添えていた。

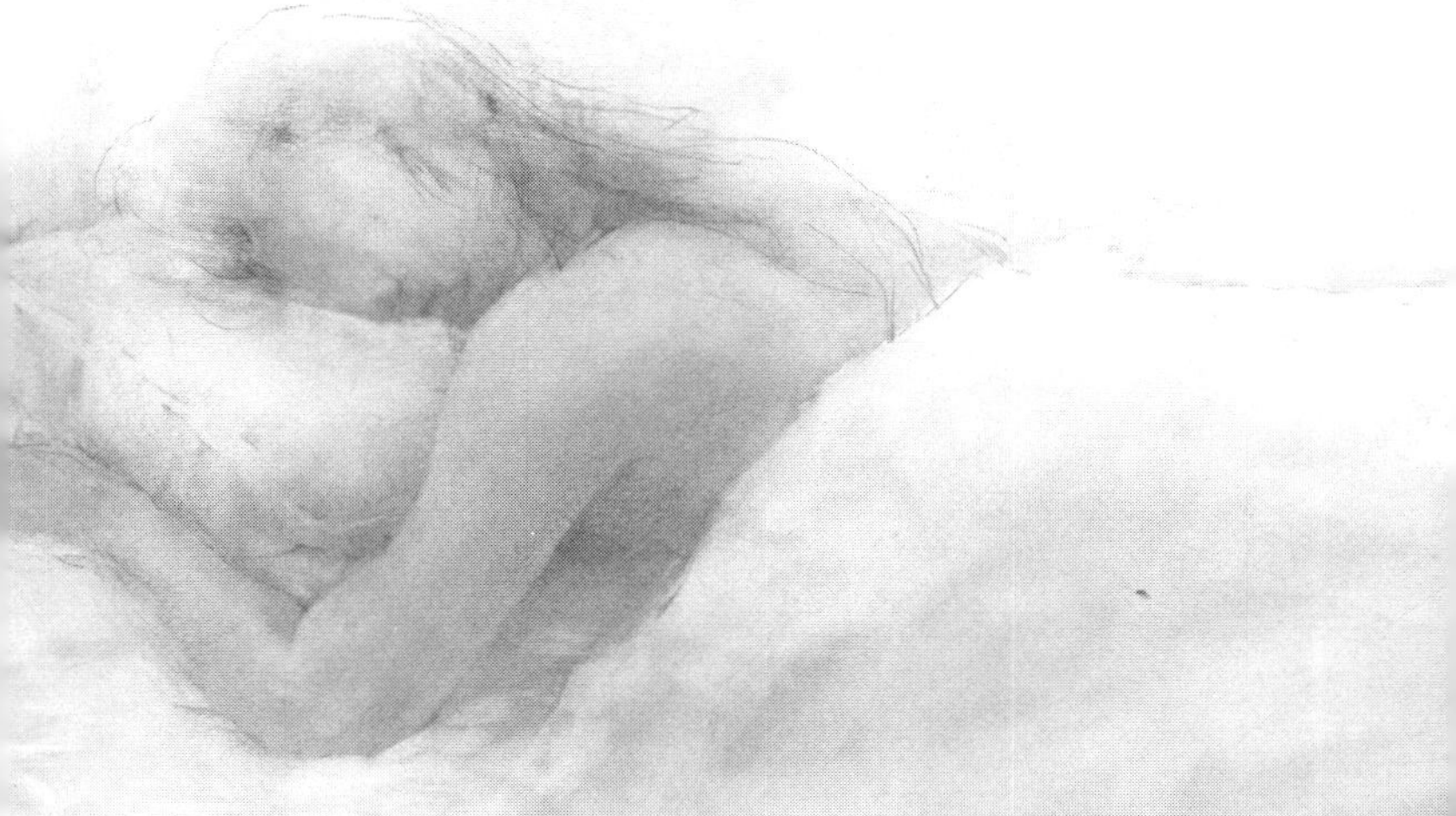

お姉ちゃんが亡くなったあの翌朝——私は、歩太くんに電話をかけた。

彼は、マンションの部屋にいた。呼び出し音が何十回となくむなしく響いても、なおも切らずに待ち続けていたら、ようやく受話器を取ってくれた。無言だった。

「……歩太くんね」

と、私は言った。

「家にいないから、そこだと思ったの」

彼は黙っていた。受話器の向こうからはただ、押し殺すような吐息が聞こえてきた。

「お姉ちゃんのお通夜、今夜になったわ」

口に出すことですべてが現実になっていくようで、声が震えた。再び、歩太くんの吐息が聞こえる。

「……流産だったんだな」

思わず絶句する。どうして彼がそのことを知っているんだろう？　医者が勝手にしゃべるはずはない。だいいち昨日の彼に、そんなことを誰かに訊くような余裕があったとも思えないのに。

「本当のことが知りたいんだ」

なおもしばらく迷ったけれど、結局、事実を言おうと決めた。彼には知る権利がある、と思った。

「そうよ。でも、死んじゃった直接の原因はそれじゃないわ」

「何だって？」急に歩太くんの声が大きくなる。「どういうことだ？」

私は、つばを飲みこみ、それと一緒に、ぐっとこみあげてくるものまでも必死に飲み下そうとした。どうしても声が震えてしまうのを、懸命に抑える。

「ゆうべ……ひどいこと言ってごめんね。お姉ちゃんが死んじゃったのは、薬物ショックが原因だったんだって。担当だった医者が、当然やらなきゃいけないアレルギーテストをしないで、いきなり抗生物質の注射をうったらしいの。三ヶ月程度の流産であんなに突然に死ぬわけがないって言って、お父さんが問いただしたら、やっとそれがわかったの。完全に病院側の責任だって。お父さん、裁判に持ち込んででもはっきりさせるって言ってるわ」

私が鼻をすすりあげるのを、向こう側の歩太くんは黙って聞いていた。その沈黙が、怖くてたまらなかった。

「そう言われてみればたしかにおかしかったの。注射をうってから、ものの十分もしない間に急に呼吸困難におちいって、意識不明になって……。ほんとにあっというまだったもの」

「まさか、お前それ……見てたのか？」

「だって、病院からはじめに電話があったとき、家にいたの私だけだったんだもの。お母さんたちが来たのはお姉ちゃんが、し……」

ああ、まただ。言葉にしてしまうのが苦しい。

「死んじゃってから、あとよ」


とたんに、どっと涙があふれた。

――死。

お姉ちゃんは、死んでしまったのだ。ほんとうに死んでしまった。もう、二度と戻ってこない。


「とにかく、うちの両親、これからそっちを整理しにいくの。だから……」

歩太くんは再び黙りこんでしまった。

「お願いよ、歩太くん」

一生懸命になって、私は言った。

「うちのお母さんを、これ以上傷つけないであげて。お姉ちゃんの相手が私と同い年だったってだけでも充分ショックなのに、この上またそっちで鉢合わせでもしたら、お父さんだって何するかわからないわ」

彼は何も言ってくれなかった。もしかして、意地でもその部屋に残ると言いだすつもりなのだろうか。

ほんとうは、歩太くんに部屋を出ていってほしいのは、親たちのためなんかではなくて彼自身のためだった。両親が――とくにうちの母親が、いざとなったら彼に向かってどれほどきついことを口にするかと思うと、焦燥《しょうそう》で胸が灼《や》けそうになる。

「ねえ、聞こえてる？」

すると、歩太くんがようやく返事をしてくれた。

「……わかったよ」

安堵のあまり、続く言葉が出なくなった。次々にこぼれ出る涙をこらえるだけでせいいっぱいだった。

それでも、どうにか息を整える。そうして私は、いちばん大事なことを伝えようと口をひらいた。

「お姉ちゃん、私の顔を見るなりね、夏姫ごめんね、ごめんね……って言ったの。それからあとは急に苦しみだして、すぐ意識がなくなっちゃったから、結局それが最後の言葉だったの」

言葉を切ると、歩太くんが先をうながした。

「それで」

怖いくらい、低くて鋭い声だった。

「だから私……私もう、歩太くんとお姉ちゃんのこと、恨んでないから。ショックだったけど、恨んではいないから。ほんとはこれも、お姉ちゃんに直接言えればよかったんだけど……」

言いながら、自分に吐き気がした。

今さらこんな繰《く》り言《ごと》を並べたててどうしようというのだろう。さも相手を赦すようなことを言ってみせて、そのじつ、救われたいのは私のほうじゃないか。自分の側の後悔を何とかしたくて、お為ごかしを並べているだけじゃないか。

けれど歩太くんは、何ひとつ指摘しようとしなかった。

彼のことだから、そういうことも何もかもきっと全部わかっているはずなのに、ただ、さっきと同じように低い、でもさっきとは打ってかわったひどく優しい声で、こう言っただけだった。

「もういいよ。……もう、気にすんな」

我慢できなかった。

私はとうとう嗚咽《おえつ》をこらえきれなくなり、それを歩太くんに聞かれたくなさに、最後にひとこと告げて電話を切った。

「形見に欲しいものがあったら、何でも持っていって」

何でも持っていってと言ったのに、結局のところ、歩太くんがお姉ちゃんの部屋から持ち出したのは、例のデッサン帳四冊だけだった。

いや――違う、もうひとつある。お姉ちゃんが編んでいた、小さな毛糸の靴下。きれいな淡いブルーの、片方だけの靴下だ。

歩太くんがお姉ちゃんのおなかに赤ちゃんがいたことを知ったのは、もう誰も帰ってこないあの部屋でそれを見つけたからだった。

今でもたぶん、彼の部屋のどこかにしまわれているのだろう。

実際に見せてもらったことはないのに、一度だけ、酔いつぶれた彼から苦しげにそのことを打ち明けられてからというもの、その靴下のブルーは、私の脳裏にあまりにもくっきりと焼きついてしまった。

話を聞いたことを、どんなに後悔したか知れない。何しろ、以来その青い残像は、折にふれて蘇ってきては私を苦しめるのだ。

まるで、犯した罪への動かぬ証拠のように。
それとも、永遠に消せない刺青のように。

「お前のせいなんかじゃない。いいかげん自分を責めるのは──」

たとえば災害や犯罪などによるショックがもとで起こる精神的な後遺症は、直後ではなく、ずいぶん後になってからふいに顕《あらわ》れることもあるのだという。

お姉ちゃんを喪ったあとの歩太くんも、ちょうどそんな感じだったのかもしれない。何も事情を知らないお母さんの手前もあってか、しばらくの間はふだんとほとんど変わらない様子を保っていたのだけれど、一ヶ月くらい後だったか、お母さんが長年の恋人と再婚してあの古い家を出ていったのをきっかけに、どっと反動が訪れた。背骨そのものが真ん中からぽっきり折れてしまったかのように、生きていく上でのすべての気力をなくしてしまったのだ。

最初のうち、まだ気力を保っている間、歩太くんは何度か私に言ってくれていた。

「ばかだな、お前。春妃が死んだのはお前のせいなんかじゃない。どうしようもないことだったんだ。いいかげん自分を責めるのはやめろよ。な?」

でも、優しげな口調でそんなふうに慰められれば慰められるほど、私はかえって責められているようでつらかった。

どうしようもないことなんかじゃない。お姉ちゃんが死んでしまったのは、どう考えても私のひとことのせいなのだ。私が嫉妬にまかせてあんなひどいことを口走らなければ、お姉ちゃんの流産はたぶん起こらなかっただろうし、病院へかつぎこまれさえしなければ注射なんか打たれることはなかったし、そうすれば、お姉ちゃんは死なずに済んでいたはずなのだ。

だからほんとうは、歩太くんに合わせる顔なんてないと思っていた。それでも私は、心配でしょうがなかった。あの家に彼が一人きりになったと聞いたとたん、なんだかとてもいやな予感がしたのだ。

「男のひとり住まいなんてろくなもんじゃないからね。夏姫ちゃん、たまには様子でも見てやってちょうだいよ」

お母さんから冗談交じりに頼まれたのを自分への口実に、何度か電話をかけてみたのだけれど、いくら鳴らしても出ない。

最悪の想像に、とうとう我慢できなくなって訪ねていくと、庭の犬小屋からフクスケが飛びだしてきた。大きな洗面器の底に餌はまだ少し残っていたけれど、その半狂乱の歓迎ぶりからして、しばらくろくにかまってもらっていないことは明らかだった。

歩太くんは、薄暗い部屋の真ん中に丸太ん棒のように転がって、ゆっくりと死にかけていた。本人にそのつもりはなかったにせよ、それは緩慢な自殺みたいなものだった。私が行くのがあと二日も遅れていたら、ほんとうに餓死《がし》してしまっていたかもしれない。

いったいどれだけの間、この部屋で、お姉ちゃんの亡霊と二人きりの時を過ごしていたのだろう。

食事もとっていない、それどころか水さえろくに飲んでいないとしか思えないその姿を目にしたとたん、怒りや哀しみ以上に強く私を襲ったのは、この期に及んでなお、嫉妬、だった。死によって歩太くんを永遠に手に入れたお姉ちゃんへの、あまりにも激しい嫉妬だった。

仰向けに転がったまま、歩太くんの目の焦点がようやく定まる。

こちらを認めたとたん、なんだかひどく迷惑そうな顔になった彼の体に馬乗りになり、思いっきり頰をひっぱたいてやると、彼は低く呻いた。

何日もお風呂に入っていない歩太くんのにおいはいつもよりきつくて、でもそれこそが彼の生きている証のようで——。

私は、その胸を握りこぶしで叩いて泣いた。

何度も何度も叩いて、しまいには青いチェックのシャツの胸ぐらをつかんで、顔をうずめて大泣きした。

「ふざけないでよ、ばか……あんただけが……あんただけがつらいなんて、思ってんじゃないわよぉ！」

――やがて、歩太くんの手が……あの懐かしい大きな手が、私の頭の後ろにそっと置かれるのがわかった。幾度かためらった後で、

「頼むよ」

彼は、かすれ声を押しだした。

「なあ、泣くなって。――言ったろ？　お前のせいなんかじゃないって」

今でも毎年、桜の咲く季節になると、歩太くんは少しだけバランスを崩す。

ほかの人は気づかないかもしれない。でも、注意深く見ているとわかるのだ。いつもに輪をかけて口数が少なくなり、ぼんやりすることが多くなり、お酒と煙草の量がすこし増える。お姉ちゃんと出会ったのは春で、別れたのも春で、どうしても思いだしてしまうからだろう。

ただし、長い付き合いの私の前では、歩太くんはもうそれを隠そうとしない。

私にとって、それは、しずかに嬉しいことだった。

「誰に何を言われても消えない後悔なら、自分で一生抱えていくしかないのよ」

大泉東高校、一年C組。

かつて私が担任していた生徒たちのクラス名簿は、いくらか端が傷んだり折れたりはしているものの、まだ私の手もとにある。

その名簿の、〈フルチン〉こと古幡慎一の保護者欄——そこには、両親ではなくて、祖父母の名前が記されている。単なる離婚ともまた少し違った事情があって、彼は、理容店を営むおじいさん夫婦と一緒に暮らしていたのだ。

「今じゃもう、ばあちゃんだけになっちゃいましたけどね」

五年ぶりに再会したとき、慎くんはそう言って、少しせつなそうに笑った。

彼が言うところの「口の減らないバアサン」とは、お互いしょっちゅう憎まれ口をたたき合いながらも、とても仲が良さそうだった。親との間にひそかに距離を感じ続けてきた私からすると、そのあまりの遠慮のなさがうらやましいくらいだった。

おばあさんが突然倒れて亡くなったその朝、慎くんはまだ二階で寝ていて、下の物音には気づくことができなかった。おじいさんに先立たれてからも一人で守ってきた理容店、鏡の前に並んだ椅子と椅子との間で、おばあさんはタイルの床に突っ伏すようにして冷たくなっていたのだそうだ。

急な心臓発作が原因だったのだから、慎くんにはもちろん何の責任もない。

でも、慎くんの胸の裡《うち》にはあれ以来、二度と消せない後悔が凝《こご》ったままだ。

前の晩に二人の間にどういう感情の行き違いや言葉の応酬があったのか、彼は詳しく語ろうとはしないけれど、でもとにかく――彼もまた私と同じだった。決してぶつけてはいけない言葉を感情のままに相手にぶつけ、それから程なくしてひとり置いていかれたのだ。ほんとうは言いたかった〈ごめんなさい〉を言うこともできないまま。

お通夜の晩に、慎くんは外から電話をかけてきて、明日お葬式が終わったら逢いたいと言った。

「ほんの少しでいいんだ。夜、ちょっと顔見るだけでも」

そうしてほんとうに、家で喪服を着替えるなりすぐにやってきた。

きっと、おばあさんの残した気配もまだ生々しい家に一人きりでいるのが耐えられなかったのだろう。その気持ちがあまりにもよくわかりすぎて、私は初めて彼に、今夜はここに泊まっていくといいわ、と言った。


白状すると私には、夢にうなされておかしな声をあげてしまう癖がある。お姉ちゃんが亡くなってしばらくした頃からもうずっと続いていて、さすがにこのごろは少なくなってきたけれど、それでも時々は自分の声で目が覚めることがあった。

お人好しのお姉ちゃんのことだから、たぶんもうとっくに私を赦してくれてはいるのだろう。私を赦せずにいるのは、だからこの私自身なのだ。

付き合っている相手におかしな声を聞かれるのがいやで、それをきっかけにいろいろ詮《せん》索《さく》されるのはもっといやで、そのせいでこれまでは誰とも一緒に眠らないできたのだけれど——。

でも、この夜は大丈夫なんじゃないかと思った。たまにかさぶたが剝《は》がれて汚い血が流れる私の古傷よりも、たったいま新たに血を流し始めた慎くんの傷に手をさしのべることで、むしろ私自身も救われるような気がしたのだ。

大きな窓からさしこむ銀色の月明かりの中。

慎くんはやがて、ぽつりと言った。

「やっぱ、俺のせいなのかな……」

「え？」

「――何でもないよ」

何でもないなんてはずはない。だってその呟きは、意味のある言葉というより、まるで獣の呻き声みたいだった。

「おばあちゃまの、心臓のこと？」

彼は返事をしなかった。もともと、答えを期待して言ったのではなかったのだろう。

「そうね。確かに、あなたのせいかもしれない。そうじゃないかもしれない。それはもう、誰にもわからない」

「――あんまり慰めには聞こえないんだけど」

「慰めてるつもりはないもの」

「……ひどいな」

「そう？　でも、私がいくら『違うわ、あれがおばあちゃまの天命だったのよ』なんて言ったところで、あなたのその後悔が消えて無くなるものじゃないでしょう？」

慎くんは黙っている。私に注がれる目が――本人は気づいていないだろうけれど、今にも泣きだしそうだ。

でも私は、あえて口にした。

彼ならちゃんと受けとめてくれると思ったから。

「誰に何を言われても消えない後悔なら、自分で一生抱えていくしかないのよ」

その夜、私たちはずいぶんいろいろな話をした。これまで交わした言葉をすべて合わせた量よりも、もっとずっとたくさんの言葉をやり取りした。

やがて慎くんが私にあることを訊いて、私も慎くんにひとつ質問をして、そのうちに私が彼に八つ当たりをして、慎くんがため息をついて――。

そのことに気づいたのは、たしか私のほうが先だったんじゃないかと思う。窓の外の月が、いつのまにかきれぎれの雲間に隠れ、そのせいで青白い光は幾すじもの束になり、スポットライトのように下の池を照らしていた。

「ねえ、知ってる?」

「うん?」

「ああいうふうに雲間からさす光のこと、何ていうか」

慎くんが黙ってかぶりを振る。

「『天使の梯子』っていうんですって」

もとは聖書の逸話からきているというその言葉を、私はだいぶ前に歩太くんから聞いた。

彼の絵にたびたび登場する雲間の光のモチーフを、私がとても気に入っていると言ったら、なんでだかちょっと不機嫌そうに教えてくれたのだ。たぶん、照れくさかったのだろう。歩太くんが何度もくりかえし、彼にしかわからない想いをこめて描いてきた光の束。そのほんものを眺めているうちに、ふと、懐かしい光景がよみがえった。

柔らかな光がさしこむ、午後の教室——つっかえつっかえ詩の朗読をするのは、いま隣に立っている慎くんだ。五年前の、まだ私より背の低かった〈フルチン〉。

思えばあのころから、彼の瞳は私だけに注がれていた。自惚《うぬぼ》れじゃないかなんて疑う気も起こらないほど、それは混ざりけのない、まっすぐな視線だった。

それが証拠に彼は、初めは文字を目で追っていてさえつっかえてばかりだった詩を、やがては一度も間違えずに暗誦してみせたのだった。私がその詩を——宮沢賢治の『告別』を、いちばん好きだと言ったから。

「今でも、そらで言える?」

と訊くと、慎くんは首を横にふった。

「いや、残念だけどほとんど忘れたな。ところどころなら覚えてるかもしれないけど」

私は覚えている。今でも全部、見ないで言える。

いつだったか慎くんは私に、この五年の間に自分のことを思いだすことはあったかと訊いたけれど、そして私は答えてあげなかったけれど——要するに、それこそが答えだった。忘れ去ってしまうには、彼の視線はまっすぐ過ぎたのだ。そう、十六歳のあのころからすでに。

「——『なぜならおれは少しぐらいの仕事ができて』」

「え?」

「『そいつに腰をかけてるような　そんな多数をいちばんいやに思うのだ』」

目を閉じた慎くんが耳を傾けるそばで、私はその先をそっと続けた。まるで二人の足もとに、織細な刺繍《ししゅう》をほどこした織物をひろげるように。

「『もしもおまえが　よくきいてくれ　ひとりのやさしい娘をおもうようになるそのときおまえに無数の影と光の像があらわれる　おまえはそれを音にするのだ　みんなが町で暮らしたり　一日遊んでいるときに　おまえはひとりであの石原の草を刈る　そのさびしさでおまえは音をつくるのだ』」

慎くんの顔が、少しずつ歪んでいく。思いだしているのかもしれない。昔のことを——まだおばあさんもおじいさんも元気でいた頃のことを。

そんな彼を見ながら、私もまた、胸が詰まるのをこらえていた。お姉ちゃんを亡くしてから何年も何年も、時には絵筆さえも握れなかった歩太くんもまた、この詩みたいな苦しみの底から自力で這いあがってきたのだ。

「『多くの侮辱や窮乏の　それらを噛んで歌うのだ　もしも楽器がなかったら』……」

私はそこで口をつぐみ、慎くんを見やった。

「ねえ、最後ぐらいは覚えてる？」

『もしも楽器がなかったら』」

目を開けたまま夢を見ているようなぼんやりとした顔で、慎くんはつぶやいた。

「『いいかおまえはおれの弟子なのだ　ちからのかぎり　そらいっぱいの　光でできたパイプオルガンを弾くがいい』」

上出来、と微笑みかけ、私は黙って外を指さした。

慎くんの目が、見ひらかれる。

窓の外には文字どおり、空いっぱいに、青白い月の光でできたパイプオルガンがひろがっていた。

「この世にあるものはみんな、ほんとうは同じものなんだ」

玄関のベルが鳴った。約束の時間ちょうど。

今どきの大学生のわりに、なんていうのは偏見かもしれないけれど、慎くんは時間にはとても正確だ。きっとそれも、おばあさんが彼に残していった形のない財産のうちのひとつなのだろう。

ドアを開けた私の服装を見たとたん、彼は目を丸くした。

「げ。俺、こんな格好で来ちゃったよ。まずかったかな」

デザインにひとひねりある白シャツに、ごくシンプルなブラックジーンズ。慎くんはいつも、さりげなくおしゃれだ。

「まずくなんかないわよ、全然」

わざと言ってやった。

「学生さんらしくていいじゃない？」

「ちぇ」

口をとがらせはしたものの、本気で拗《す》ねているわけじゃないのはすぐわかる。年下だからといって、こういう冗談をいちいち真に受けてひがんだりしないのも、私が彼を好きなところのひとつだ。

私は笑って、彼と並んで外へ出た。


石神井池のほとりを駅に向かって歩きはじめると、ほどなく携帯が鳴った。ひらいてみたら案の定、歩太くんからのメールだった。

私の口もとがふっとゆるんだせいだろう、慎くんがちょっと複雑な面持ちで訊いてくる。

「なんだって?」

「ん? ……早く来てくれって」

「だって約束、五時半だろ?」

「だけど、ほんとにそう書いてあるんだもの。『飽きた。早く連れだせ』って」

慎くんがぷっと噴きだす。

「どうせ、さっさと飲みに行きたいだけでしょ」言いながら携帯をバッグにしまう。「今日は社長も一緒だそうだし」

社長というのは、歩太くんがふだん働いている菊池塗装店の社長のことで、ムニールさんというパキスタン人だった。慎くんとも、まあ何というかあれやこれやいろいろあって、もうすっかり顔なじみだ。

「絵ってさ」と、慎くん。「大体いくらぐらいすんの」

「そりゃピンからキリまでよ。なに、買う気？」

「まさか。そういうわけじゃないけど、一本槍さんのはどれくらいするのかなあと思って」

「さあ、詳しくは聞いてないけど。今日行けばわかるんじゃない？」

「うそ、値札なんかついてんの？」

「たぶんね。個展じゃないもの。言ってみれば展示即売会だもの」

そっけない口調で言ってみたつもりでも、どこかに本当の気持ちが滲み出てしまったらしくて、慎くんは苦笑いの顔で言った。

「売れると、いいね」

そうだね、と私は言った。

ほんとうにそうだ。一枚でもいいから誰か気に入ってくれる人に買ってほしい。せっかく歩太くんが、それでお前の気が済むんならと無理をしてくれたのだ。失敗に終わらせたくはない。

お姉ちゃんのいないこの十年の間に、歩太くんが少しずつ描きためた、おびただしい数の風景画。その中から特に、光をモチーフにしたものばかりを数枚選びだして、私は知り合いの、そのまた知り合いのギャラリーに持ちこんだ。

初めのうちこそ、かつて賞を獲ったのと同じ路線の人物画のほうが……などと難色を示していたオーナーも、実際に絵を見せたら考えを改めてくれて、とうとう試みにということで今回の催しとなったのだった。今日はその初日。ギャラリーでは、常連客を招いてささやかなパーティーが開かれている。

「あんな退屈な絵、俺なら絶対買わないけどな」

なんて、歩太くんは相変わらず醒めたことを言っていたけれど、私は案外いけるんじゃないかと踏んでいる。一見地味に見えても、彼の絵は、ほかの誰も真似できない佇《たたず》まいを持っているのだ。彼の絵が並んだあのギャラリーの雰囲気が、今ごろがらりと変わっているのが目に浮かぶようだった。

ほんとうは私だって、オーナーのことを言えた義理ではない。つい最近までは私も、歩太くんに人物画を描いてほしいとさんざん頼み続けてきたのだから。彼が人物を描かないことイコール、まだ本当の意味で立ち直っていないことのしるしのように思えてならなかった。

でも本人は、私が思うより、もっとずっと自由だった。数ヶ月前の晩、あの家の庭に舞い散る桜の下で私が泣いたとき――お姉ちゃんの絵描いてよ、とほとんど駄々をこねるみたいにして頼んだとき、歩太くんは、静かな声で、でもきっぱりと言った。

「描いてるよ。俺の中では、何もかもみんな春妃につながってる。とくに桜を描く時なんか、春妃そのものを描くつもりで描いてる。空を描こうが、森を描こうが、光を描こうが――同じなんだよ。この世にあるものはみんな、ほんとうは同じものなんだ。人物なんていう表面的な形にこだわってんのは、お前だけだよ」

でも私には、彼の言う意味がわからなかった。なんだか屁理屈をこねて適当にごまかされているような気がした。

ようやく歩太くんの言葉を少しずつ理解しはじめたのは、あの夜、「お前にやる」と仏頂面で手渡されたデッサン帳をゆっくり眺めるようになってからだ。

最後のページ――大きな桜の樹の下で、こちらをふり返って笑うお姉ちゃんの肩のあたりには、まっすぐな木漏れ日の束が降り注いでいる。さらさらとした細かい粒子まで見えるかのような、うつくしい光だ。

この同じ光を、歩太くんはくり返し、くり返し、ありったけの風景の中に描き続けているのだろうか。

だとしたら——だとしたら、もう、いい、と思った。
無理に人物を描かなくてもいい。ただ歩太くんが絵を続けてくれるだけでいい。
なぜなら、それこそがきっと、お姉ちゃんの望んでいたことでもあるのだろうから。

「あなたと出会えてなかったら私、今でも自分を赦せなかった」

池のほとりから駅までの上り坂は、いつでも少し息がきれる。

風が、汗ばむ襟足《えりあし》を冷やして吹き過ぎていく。

あの夜、歩太くんにもらったデッサン帳を抱えたまま、精も根も尽き果てて座りこんでいた私に、こんなときは思いきって髪を短くしてみたらどうかと提案したのは慎くんだった。おじいさんからみっちり手ほどきを受け、昔は隠れて友だちの散髪をしては荒稼ぎしていたほどだから、手早いとは言えないまでもとても丁寧な仕事をしてくれたと思う。

少しずつ、少しずつ、鏡の中に知らない私が現れてくるのを見つめながら、

「なあ」と、あのとき慎くんは言った。「ほんとはまだ、好きだったりするんだろ。あのひとのこと」

私は、否定しなかった。そう、たしかに、好きだった。歩太くんのことを、ずっとずっと好きだった。お姉ちゃんが死んでしまってからも、ほんとうにずっと。

でも、正直言って、今ではもうよくわからないのだった。彼を好きでいることがそのまま、私の原罪であるかのような……。

「私――あなたとこうなって初めて、お姉ちゃんの気持ちがわかる気がした」

黙って手を動かしている慎くんに、私はささやいた。

「べつに、年下の人と恋に落ちる気持ちがっていう意味じゃなくてね。もっと、なんていうか……自分でもどうしようもない気持ち。でも……でもね、どうすればいいのかわからない。だって、いま私が手を放したら、あのひと、ほんとにひとりになっちゃうよ」

するると、慎くんは静かに言った。

「違うと思うよ、それは」

「……え？」

「ひとりになっちゃうんじゃない。そうじゃなくて、ひとりにしてあげなきゃいけないいんだよ。そうやって、夏姫さんもあのひとも、どっちもひとりになって初めて、また誰かと一緒にいたいって気持ちになれるんだ。誰かを求めようと思えるようになるんだよ。そうだろ？　……あのひとが、もう解放してやろうって言ったのは、そういう意味でもあるんじゃないの？　亡くなった春妃さんのことを解放するのと一緒に、生きてる自分自身も解放してやれって――そういう意味で言ったんじゃないのかな。俺は、そう思って聞いてたけど」

涙腺《るいせん》なんて、もうとうにいかれてしまっていた。視神経の奥のほうが、熱くて痛い。ぎゅっと目をつぶって洟《はな》をすすると、慎くんがカウンターの上のティッシュを、ずいぶんとたくさん引き抜いて渡してくれた。

ふっと思ってみる。同じかたちの〈消えない後悔〉を抱えた、慎くんと私。その私たち二人が、五年もの時を置いてこうしてばったり出会うなんてこと、ただの偶然ではあり得ないんじゃないか。きっとあの空の高みから、何かの――または誰かの――力が働いたからこそなんじゃないか、と。

そんなふうに考えること自体、どうかしているとも思ったけれど、でも心の底のほうで、とても強くそれを信じたがっている私がいた。

「慎くん？」

ちいさな声で呼んでみる。

「なに？」

「……ありがとね」

「なんで」

「――あの時、私を覚えててくれたから」

目を開けたらすべてが消え失せてしまいそうで、私はまぶたを閉じたまま、そっと言った。

「あなたと出会えてなかったら私、今でも自分を赦せなかった。きっと」

あの日、慎くんが短く切ってくれた髪も、今ではちょっと伸びかけて、でもそれはそれでなかなかこなれた雰囲気を醸《かも》しだしてくれている。

彼の言うとおり、今の髪型のほうがずっと自分らしいと私も思う。


と、携帯がまた鳴った。

「なに。今度はなんて？」

と慎くん。

「……んもう、あのせっかち！」

私はあきれて言った。

――『早く来ないと先に逃げるぞ』

「ったく、へんなとこでは気が長いくせに、こういうとこだけやたらと気が短いんだから」

やれやれと携帯をたたんでしまいながら、坂道の先にひろがる澄みわたったブルーを見あげる。西のほうの空にはいい感じの雲がかたまっているから、夕暮れにはとっておきの天使の梯子が見られるかもしれない。

高みへいくほど濃くなっていく青色が目にしみて、なぜだか鼻の奥がつんと痺れた。

お姉ちゃん。――大好きだったお姉ちゃん。

元気ですか。そちらの住み心地はどうですか。


もちろん、返事などない。

けれど私はもう、むやみに自分を責めたりはしない。

自分を責め続けることで何かから救われようとする、そんなむなしい堂々巡りは、いいかげん終わりにすると決めたのだ。

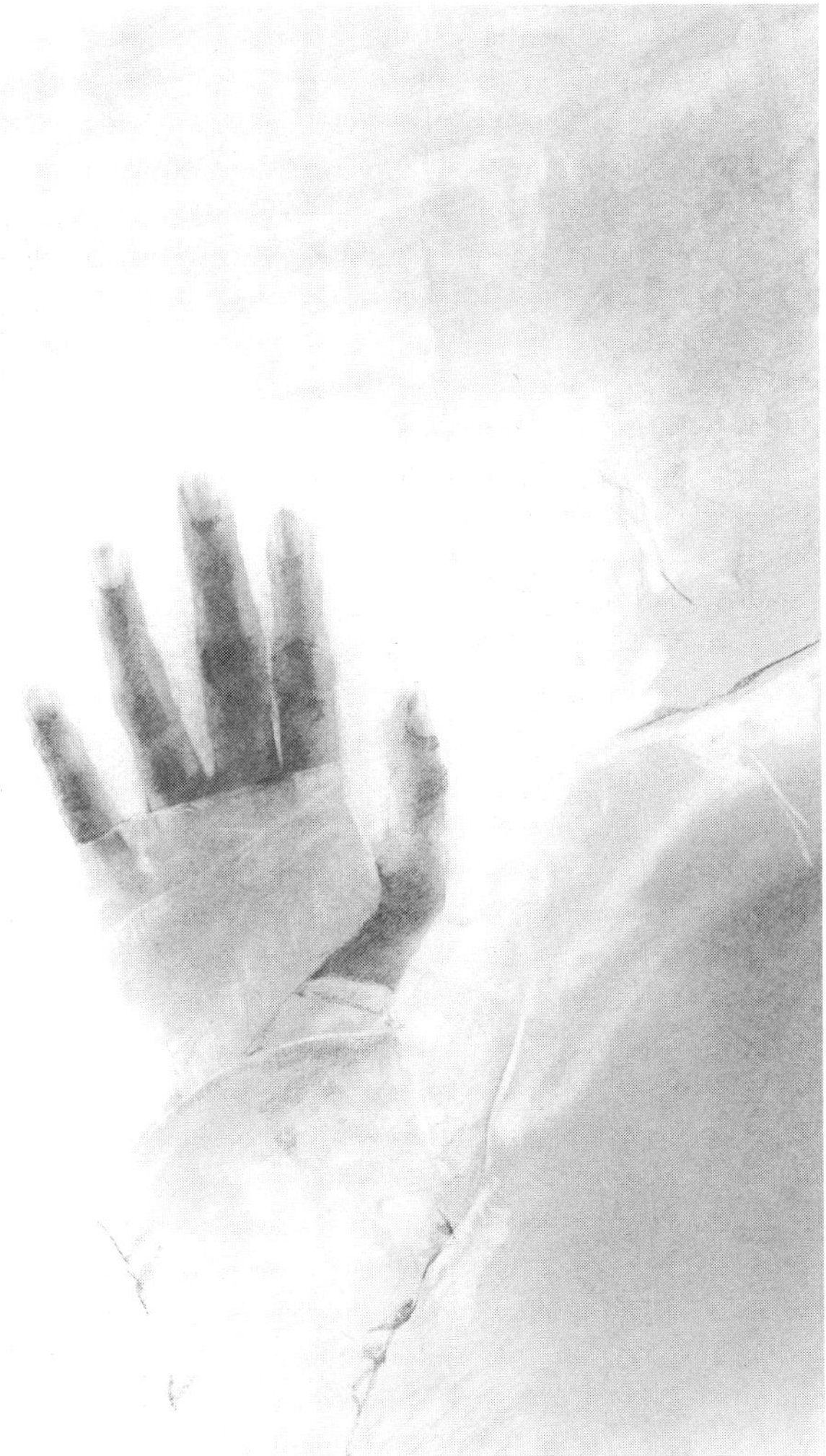

この夏——。

私は、お姉ちゃんの年をまたひとつ追い越す。

ヘヴンリー・ブルー Heavenly Blue

「天使の卵」アナザーストーリー

2006年　8月30日　第1刷発行

著　者
村山　由佳（むらやま・ゆか）

発行者
藤井健二

発行所
株式会社集英社
〒101-8050　東京都千代田区一ツ橋2-5-10

電　話
編集部：03（3230）6141
販売部：03（3230）6393
読者係：03（3230）6080

印刷所・製本所
大日本印刷株式会社

ISBN4-08-781353-3 C0093

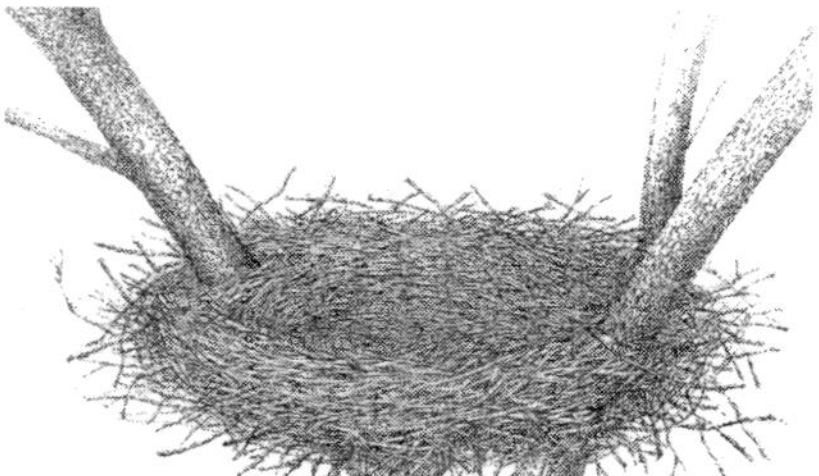

村山由佳の本　集英社

100万人の心に響いた純愛小説のバイブル！

『天使の卵』エンジェルス・エッグ

その人の横顔は、あまりにも清冽で、凜としていた。

春まだ浅い日、美大をめざす予備校生の歩太に、運命的な出会いがあった。その人は、８歳年上の精神科医・春妃。高校の同級生でガールフレンド・夏姫の姉だった。画家だった夫を失った春妃は、愛に臆病になっていた。

歩太をあきらめきれない夏姫。

一直線に愛を向けてくる歩太。

ふたりの間で心が揺れる春妃。

だが、もう誰にも止められなかった。

衝撃のエンディングまで、まっすぐに駆け抜けるせつない恋！